Para Elizabeth,
Daniel y Sophie

Publicado originalmente en 1997
por Walker Books Ltd.

Título original: *Where's Wally?*
The Wonder Book

Primera edición: junio de 2014
Novena reimpresión: junio de 2022

Martin Handford ha establecido su
derecho a ser identificado
como el autor/ilustrador de esta obra
de acuerdo con el Copyright,
Designs and Patent Act 1988
© 1997-2014, Martin Handford
Traducción: Jaume Ribera

© 2014, Penguin Random House
Grupo Editorial, S. A. U.,
en español para todo el mundo
Travessera de Gràcia, 47-49.
08021 Barcelona
ISBN: 978-84-15579-74-8
Depósito legal: B-10.712-2018

Esta es una coedición de
Penguin Random House Grupo Editorial,
S. A. U. con Walker Books Ltd

Printed in China - Impreso en China

BL 7 9 7 4 A

¿DÓNDE ESTÁ WALLY? EL LIBRO MÁGICO

MARTIN HANDFORD

B DE BLOK

ERASE UNA VEZ....

¡Hola, amigos de Wally! ¡Mirad estos geniales libros! ¡Mirad los personajes que han salido de sus páginas! ¡Guau! ¡Una escena mágica! ¡Los libros cobraron vida! Fantástico... ¡Incluso hay uno sobre mis viajes! Y Woof, Wenda, el Mago Barbablanca y Odlaw también tienen sus propios volúmenes. Podéis uniros a nosotros, si nos encontráis, y viajaremos por las maravillosas escenas de este abracadabrante libro. Entre todas las ilustraciones, hay una que es mi favorita... nunca diríais por qué. El punto de libro la señala, de modo que cuando lleguéis allí la descubriréis. ¡Poneos manos a la obra, seguidores de Wally! ¡Vamos a partir! ¡Y estad preparados para los montones de sorpresas que nos esperan en el camino!

Wally

¡LA BÚSQUEDA HA EMPEZADO! ¡ENCONTRAD A ESTOS CINCO INTRÉPIDOS VIAJEROS EN TODAS LAS ILUSTRACIONES DEL LIBRO!

- ENCONTRAD A WALLY... ¡QUE NOS MUESTRA EL CAMINO!
- ENCONTRAD A WOOF... ¡QUE MUEVE LA COLA!
  (¡QUE NORMALMENTE ES LO ÚNICO QUE SE PUEDE VER!)
- ENCONTRAD A WENDA... ¡QUE TOMA FOTOS!
- ENCONTRAD AL MAGO BARBABLANCA... ¡QUE HACE HECHIZOS!
- ENCONTRAD A ODLAW... ¡CUYAS BUENAS OBRAS SON MUY POCAS!

¡LA BÚSQUEDA CONTINÚA! ¡ENCONTRAD EN TODAS LAS LÁMINAS ESTAS COSAS IMPORTANTES QUE HAN PERDIDO LOS VIAJEROS!

- ¡ENCONTRAD LA LLAVE PERDIDA DE WALLY!
- ¡ENCONTRAD EL HUESO PERDIDO DE WOOF!
- ¡ENCONTRAD LA CÁMARA PERDIDA DE WENDA!
- ¡ENCONTRAD EL PERGAMINO DEL MAGO BARBABLANCA!
- ¡ENCONTRAD LOS PRISMÁTICOS PERDIDOS DE ODLAW!

LAS BUENAS OBRAS DE ODLAW

RELATOS CLÁSICOS DE LA LITERATURA

LIBRO LA MAGI MAG BARBAB

EL JUEGO DE LOS JUEGOS

CUATRO GRANDES EQUIPOS JUEGAN A LOS JUEGOS. LOS ÁRBITROS INTENTAN QUE NADIE SE SALTE LAS REGLAS. ENTRE LA SALIDA, EN LO ALTO DE LA PÁGINA, Y LA LLEGADA, AL PIE, HAY CANTIDADES DE PUZLES, TRAMPAS Y PRUEBAS. ¡EL EQUIPO VERDE CASI CONSIGUE GANAR, Y EL EQUIPO NARANJA APENAS HA EMPEZADO! ¿PODÉIS

ENCONTRAR AL ÚNICO DEL EQUIPO NARANJA QUE YA HA ACABADO? ¿Y AL DEL EQUIPO VERDE QUE TODAVÍA NO HA EMPEZADO?

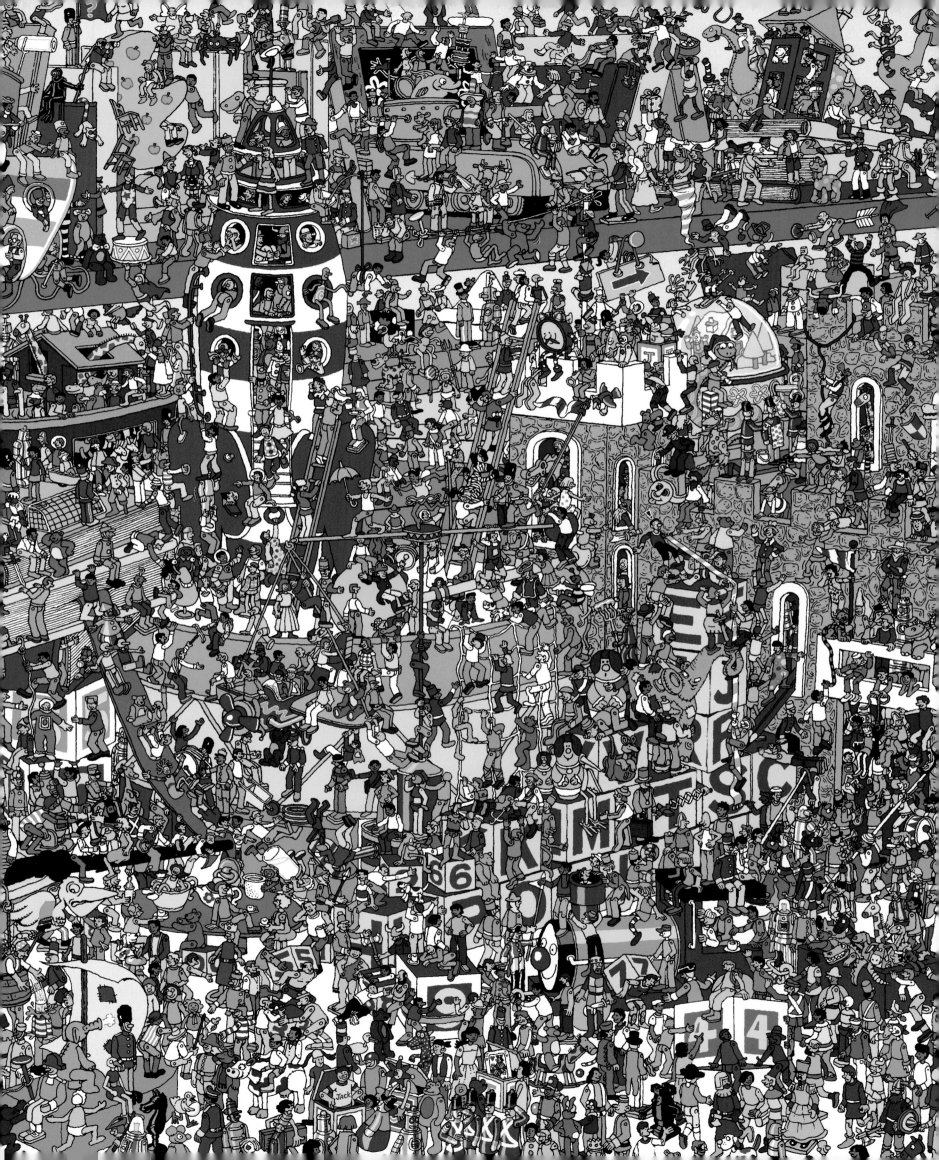

LA FÁBRICA DE PASTELES

¡HUMMM! ¡OLED LAS DELICIOSAS TARTAS COCIÉNDOSE! ¡SENTID CÓMO SE OS HACE LA BOLA AGUA ANTE LOS DELICIOSOS PASTELES! ¿PODÉIS ENCONTRAR UN PASTEL EN FORMA DE TETERA, OTRO QUE ES COMO UNA CASA Y OTRO QUE ES TAN GRANDE QUE UNO DEL PISO SUPERIOR LO ESTÁ LAMIENDO? ¡PASTELES, PASTELES DE RECHUPETE! ¡CONTEMPLAD LAS RELUCIENTES CAPAS DE AZÚCAR Y CEREZAS! AQUÍ TRABAJAN LOS CONTROLADORES DE LA FÁBRICA, PERO... ¿ACASO HAN PERDIDO EL CONTROL?

UNA BATALLA MUSICAL

¡BUMM, BUMM, BAABOOMMM! ESCUCHAD LOS TAMBORES, UN EXTRAÑO EJÉRCITO DE MÚSICOS DE BANDAS MUNICIPALES SE DIRIGE HACIA EL CASTILLO DE LAS BANDAS MILITARES. LLEVAN DISFRACES DE ANIMALES. ¿PODÉIS ENCONTRAR A LOS REGIMIENTOS PATO, OSO Y ELEFANTE? A ALGUNOS DE LOS MÚSICOS LOS EMPUJAN EN SUS ESTRADOS, OTROS POR ESCALERAS HECHAS CON NOTAS MUSICALES. ¡JA, JA, JA! ¡QUÉ BATALLA MÁS ESPLÉNDIDA! ¡BUUUU! ¡Y QUÉ MAL SUENA!

LA CIÉNAGA DE ODLAW

CIENTOS DE ODLAW Y DE CRIATURAS NEGRAS Y AMARILLAS ESTÁN TRATANDO DE CREAR PROBLEMAS ENTRE LA MALEZA. EL VERDADERO ODLAW ES EL QUE ESTÁ MÁS CERCA DE LOS PRISMÁTICOS PERDIDOS. ¿PODÉIS ENCONTRARLOS, OH SEGUIDORES DE WALLY CON RAYOS X EN LOS OJOS?

¿CUÁNTOS SOMBREROS DIFERENTES PODÉIS CONTAR EN LAS CABEZAS DE LOS SOLDADOS? ¡PLACHF! ¡PLACHF! ¡ME ALEGRO DE NO ESTAR COMO ELLOS! ¡TIENEN LOS PIES HUNDIDOS EN EL FANGO!

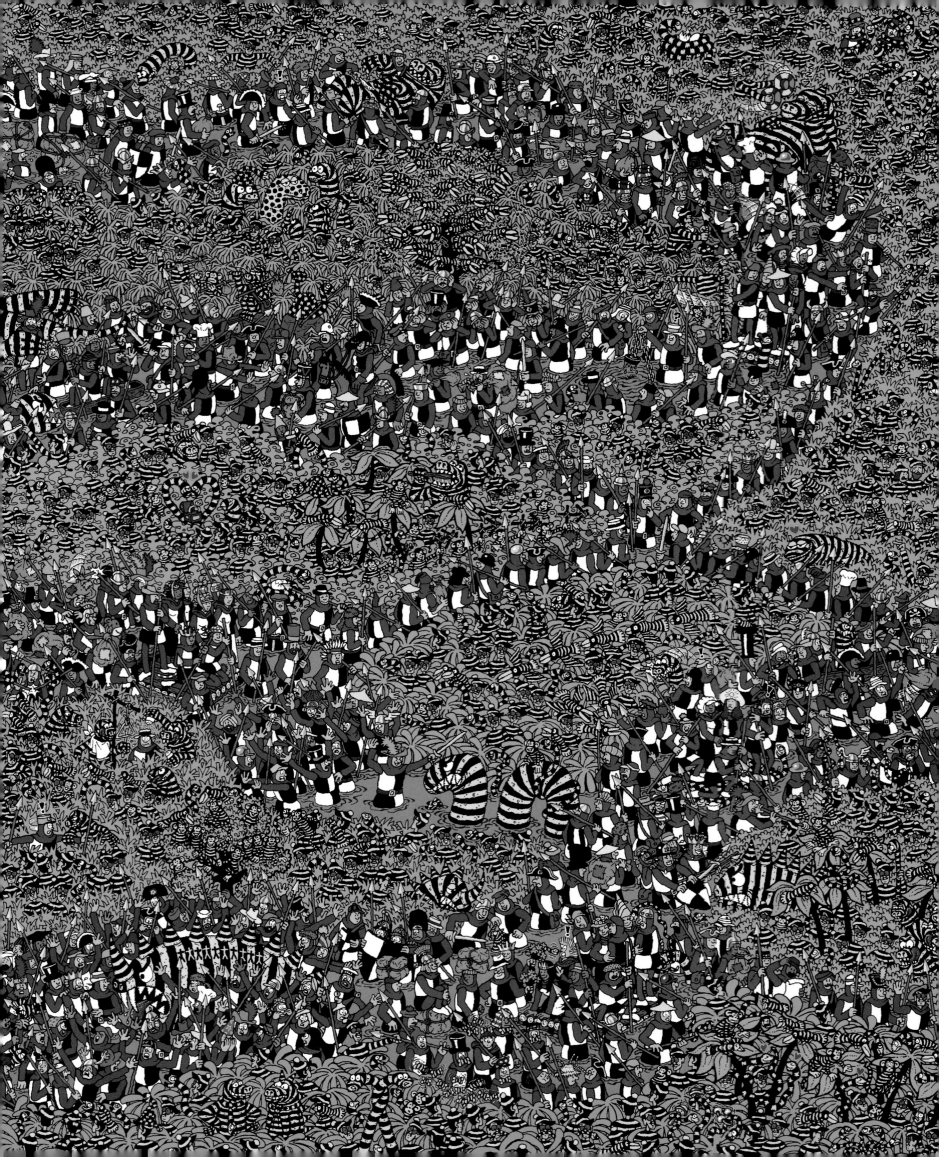

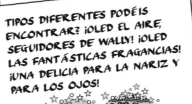

EL JARDÍN FANTÁSTICO

¡Guau! ¡Qué brillante y mareante verde espectáculo! Las flores están en todo su esplendor. Y hay montones de jardineros cuidándolas y regándolas. ¡Los vestidos de pétalos que llevan les hacen parecer flores a ellos mismos! También hay hortalizas. ¿Cuántos tipos diferentes podéis encontrar? ¡Oled el aire, seguidores de Wally! ¡Oled las fantásticas fragancias! ¡Una delicia para la nariz y para los ojos!

LA GALERÍA DEL TIEMPO

¡TICTAC, TICTAC! TODOS LOS RELOJES, EXCEPTO UNO, MARCAN LAS DOCE MENOS CUARTO. ¡MENUDO ESTRÉPITO CUANDO SUENEN! ¿PODÉIS ENCONTRAR AL ÚNICO QUE MARCA UNA HORA DIFERENTE? TAMBIÉN HAY 37 PUERTAS Y SOBRE CADA UNA SE VE LA SILUETA DE LA LLAVE QUE LA ABRE, ¿LAS PODÉIS ENCONTRAR, OH INTELIGENTES LECTORES, Y HACERLAS COINCIDIR CON SUS SILUETAS? ¡OH, NO! ¡UNA DE LAS PUERTAS NO LA TIENE, PERO TENÉIS QUE ENCONTRAR LA LLAVE QUE LA ABRE!

EL PAÍS DE WOOF

¡EH! ¡MIRAD ESOS PERROS IDÉNTICOS A WOOF! ¡GUAU, GUAU, GUAU! ¡AQUÍ, UNA VIDA DE PERROS ES UNA VIDA POR TODO LO ALTO! EN LA PISTA DE ATLETISMO, CANTIDAD DE PERROS PERSIGUEN A AYUDANTES DISFRAZADOS DE GATOS, SALCHICHAS Y CARTEROS. ¡EL PUNTO DE PÁGINA SE HALLA EN ESTA ILUSTRACIÓN, DE FORMA QUE AHORA YA SABÉIS CUÁL ES MI ESCENA FAVORITA! HAY CIENTOS DE WOOF EN LA ILUSTRACIÓN. PERO... ¿PODÉIS ENCONTRAR AL AUTÉNTICO? ¡ES EL ÚNICO QUE TIENE CINCO RAYAS ROJAS EN LA COLA! ¡Y OTRO DESAFÍO! ONCE VIAJEROS ME HAN SEGUIDO HASTA ESTA PÁGINA... UNO POR CADA UNA DE LAS OTRAS ESCENAS DEL LIBRO. ¿LOS VEIS? ¿Y PODÉIS LOCALIZAR DE QUÉ ILUSTRACIÓN PROCEDEN Y ENCONTRAR, DESPUÉS, TODAS SUS APARICIONES? ¡SEGUID BUSCANDO, SEGUIDORES DE WALLY!

LA GRAN LISTA
¿DÓNDE ESTÁ WALLY?
EL LIBRO MÁGICO
DE BÚSQUEDA DE

¡Los seguidores de Wally vais a encontrar
montones de maravillas para buscar!

ÉRASE UNA VEZ...

La torre Eiffel
El libro de la selva de Rudyard Kipling
Un hombre con un pato en la mano
Un hombre con hipo
Un centauro que va de compras
Música saliendo de un grifo
Un peso de 1 tonelada
Un hombre leyendo un libro antiguo
Un hombre con dos tenedores
Un soldado de cabeza redonda
Un hipopótamo
Un hombre con una lanza y una ballesta
Una mujer con dos espadas
Un hombre con una bandeja de galletas
Una mujer con dos jaulas
Dos hombres con bebés en brazos
Un cohete despegando
Un hombre batiendo nata
Un hombre que hace una tortilla
Un soldado con dos camiones
La reina de corazones
Un hombre con chistera y una carta en la mano
El pistolero Billy *El Niño*
Dos caballeros en plena guerra de las Rosas
Un monje que fríe salchichas
Una mujer con serpientes en vez de pelo

EL COMBATE DE LAS FRUTAS

Años enlatados
Dos manos con muchos años
Manzanas rehusando asistencia médica
6 manzanas-cangrejo
4 naranjas marineras
Arándanos con gorras azules
Un kiwi
Una banana saltarina
Un ananá americano
Una ananá-bufón
3 frutas-bufón
Un cuenco de frutas
4 miniserruchos
Una naranja derribando un carro de frutas
Un banano
Manzanas cocineras
Vino de cerezas
7 cerezas furiosas
3 gansos cargados
Manzanas en un corral
Una perdiz en un peral
Una cola de gallo con frutas
2 mitades de durazno
La «Gran manzana»
Una manzana sin barba
2 zarpas
Otro ataque a un carro de frutas

LA CIÉNAGA DE ODLAW

2 hombres disfrazados de Odlaw
Un hombre con salacot
Un nido sobre un sombrero
Un hombre con casco de montar
Un hombre con un sombrero de paja
3 hombres con sombreros nevados
Un huevo de Pascua en un sombrero femenino
2 hombres con cascos de fútbol americano
2 hombres con gorras de béisbol
Un escudo grande junto a un escudo pequeño
Un paquete sobre una cabeza
Un hombre con dos grandes plumas en su sombrero
Serpientes con sonajero
5 serpientes románticas
5 balsas de madera
7 pequeñas barcas de madera
3 nidos de pájaros
Un polluelo saliendo del cascarón
Una criatura del pantano sin rayas
Un sombrero «10»
Un monstruo limpiándose los dientes
Un huevo de serpiente roto por una lanza
Un soldado que flota sobre un paquete
Un teléfono-serpiente
2 serpientes encantadas
Una serpiente leyendo

LA CIUDAD DE LOS PAYASOS

Un payaso leyendo el periódico
Un paraguas estrellado
Un payaso con una tetera azul
Una manguera con goteras
Un payaso con dos aros en cada brazo
2 payasos mirando por un telescopio
Un duelo floral
2 payasos sosteniendo una maceta con flores
Un payaso golpeando con una maceta con flores
Un payaso peinando el tejado de una casa
6 flores mojando el mismo globo
Un payaso con un sombrero-sorpresa
3 coches
3 regaderas
Un payaso con una caña de pescar
2 payasos unidos por un sombrero
3 payasos con tirapasteles
Un payaso con cubo de agua
Un payaso con un yo-yo
17 nubes
Un payaso pisando un pastel
Un payaso con la nariz de color verde
Un payaso al que le hacen cosquillas en el pie
Payasos con camisetas estampadas con tazas de te

EL JARDÍN FANTÁSTICO

La rosa amarilla de Tejas
Cascos decorados con flores y 8 camas
Mantequilla con alas
Un jardinero que cose
«Guardería» de flores
Un pájaro tomando un baño
Una urbanización en dos macetas
Un león muy elegante, un zorro y un tigre
Un col con esparadrapo, cartas y un collie
Una mesa llena de pájaros
Una barrera de flores y un espectáculo floral
Una rana a lomos de un búfalo
Gusanos de tierra
Una carretilla cargada con ruedas
8 grillos
2 regaderas siamesas
Una abeja reina
Un cuadro con piernas y brazos
Un reloj de sol
Un conjunto musical
Un invernadero
Una cebolla saltarina
Una casa sobre un árbol
Un manzano
Sauces llorones y un rosal trepador
Un pez-cador

LA GALERÍA DEL TIEMPO

Una manecilla de reloj con guante de boxeo
Un reloj con muha cara
Relojes «de pared»
Un huevo en un reloj
Un reloj sobre una torre
Un despertador muy ruidoso
Relojes viajeros
Una carrera contrarreloj
Números romanos
El tiempo vuela
Un reloj de arena
El Big Ben («El Gran Ben»)
Un anciano con un reloj de arena
Un reloj sentado en una silla
Un bastón andante
36 pares de gemelos idénticos
Un par de gemelas idénticas
Uros tirantes muy estirados
2 fracs anudados
Un ariete para derribar puertas
Un sombrero de copa muy alto
2 relój de sol
2 paraguas enganchados
Un reloj de cuco
2 bastones enganchados
Uno que pierde los pantalones

DALL'S PORPOISE

PHOCOENOIDES DALLI

FASTEST PORPOISE

WHERE: North Pacific Ocean

LENGTH: 6½ feet (2 meters)

LOOK FOR: Black-and-white color pattern and a nearly vertical dorsal fin with a white tip

PORPOISE PROFILE: Dall's porpoises could race a boat! They're the fastest of all porpoises, and probably of all the cetaceans, and they can reach speeds of up to 35 miles (56 kilometers) an hour. Dall's porpoise has a wide body with black-and-white markings, but it has a very small head compared to its body size, making it easy to recognize. The population is contained to just the northern part of the Pacific Ocean, and for years these porpoises were in danger of being accidentally caught in salmon nets.

These speedy porpoises like to play while they swim, and they'll swim along the surface of the water in zigzag patterns, sending out a spray known as a "rooster tail," or perform rolls.

BEST DIVER

CUVIER'S BEAKED WHALE

ZIPHIUS CAVIROSTRIS

WHERE: Global

LENGTH: 21¼ to 23 feet (6½ to 7 meters)

LOOK FOR: Torpedo-shaped body, dark gray, brown, or yellow and white sides, and light gray stomach and head

WHALE WATCH: Human divers could learn a thing or two from Curvier's beaked whales. These whales are exceptional divers that can reach the deepest parts of the ocean more than 9,000 feet (2,743 meters) under the surface of the water, and they can stay under for up to an hour and half without coming up for air!

Despite a preference for deep water, Curvier's beaked whales are one of the most frequently spotted beaked whales. They have short beaks, rounded flippers, and a tall dorsal fin that looks similar to a shark's fin.

INDEX

105

About the Author

Kelly Gauthier is a Boston-based writer and editor. When she's not working, Kelly can often be found on a boat, in the water, or sitting on the end of a dock reading a book. She is also the author of *Discovering Bugs*, *The Bug Handbook*, *Discovering Planets and Moons*, and *The Little Chunky Book of Dinosaurs*.

Kelly dedicates this book to her brother, Jim Gauthier, a scuba diver in Florida who recently participated in a Guinness World Record–breaking ocean cleanup. He constantly inspires her to be more environmentally conscious and to love our aquatic friends.

About the Illustrator

Julius Csotonyi is one of the world's most high-profile and talented contemporary scientific illustrators. His considerable academic expertise informs his stunning, dynamic art. He has created life-sized dinosaur murals for the Royal Ontario Museum and for the Dinosaur Hall at the Natural History Museum of Los Angeles County, as well as most of the artwork for the exhibit "Deep Time" in the David H. Koch Hall of Fossils at the Smithsonian National Museum of Natural History in Washington, D.C. He lives in Canada.

His books include *Discovering Sharks*, *Discovering Bugs*, *The T. Rex Handbook*, *The Paleoart of Julius Csotonyi*, and *Prehistoric Predators*.

About Applesauce Press

Good ideas ripen with time. From seed to harvest, Applesauce Press crafts books with beautiful designs, creative formats, and kid-friendly information on a variety of fascinating topics. Like our parent company, Cider Mill Press Book Publishers, our press hears fruit twice a year, publishing a new crop of titles each spring and fall.

KENNEBUNKPORT, MAINE

Write to us at:

PO Box 454
Kennebunkport, ME 04046

Or visit us on the web at:
cidermillpress.com